EPITRES

AMOUREUSES

D'HÉLOISE A ABAILARD,

ET

D'ARMIDE A RENAUD.

Par M. Colardeau.

PAR-TOUT,

AUX DÉPENS DU PUBLIC.

M. DCC. LVIII.

LETTRE
D'HÉLOÏSE
A
ABAILARD,
TRADUCTION LIBRE
DE M. POPE.

PAR M. COLARDEAU.

AU PARACLET.

M. DCC. LVIII.

AVIS

DE L'EDITEUR.

Contenant un Précis de la Vie, des Amours, & Infortunes d'Abailard & d'Héloïse, extrait des feuilles de l'Année Littéraire de M. FRÉRON, 1758.

PIERRE ABAILARD naquit en 1079 au bourg de *Palais* à quatre lieues de Nantes. Sa famille étoit noble ; son pere suivoit avec éclat la profession des Armés. Il cultiva les Lettres dès sa jeunesse, & vint étudier dans la Capitale de la France sous *Guillaume de Champeaux*, sçavant Théologien, d'abord Archidiacre de Paris, puis Evêque de Châlons-sur-Marne, enfin Religieux de Cîteaux. La réputation du disciple éclipsa bien-tôt la gloire & blessa l'orgueil du maître. *Abailard* fut obligé d'aller enseigner à Melun. Peu de tems après il revint dans la Capitale, obtint un Canonicat, imposa silence à *Champeaux*,

A ij

& professa seul dans cette ville. Il en sortit de nouveau pour aller entendre les leçons d'*Anselme*, Doyen & Archidiacre de Laon. Sa destinée étoit de faire taire ses maîtres & de les remplacer. Il ouvrit une école; celle d'*Anselme* fut déserte; celui-ci le fit chasser de Laon. Il revint à Paris, enseigna de nouveau, & fit connoissance avec une jeune personne appellée *Heloïse* ou *Louise*. *Abailard* donne à ce nom une origine plus sublime; il vient, selon lui, de l'Hébreu *Heloï* qui signifie *Divinité*. Quoiqu'il en soit, elle étoit, selon les uns, de la maison *de Montmorency*, selon d'autres, niece & même fille naturelle de *Fulbert*, Chanoine de Paris; c'étoit un prodige de génie & de beauté. Ces deux personnes, si supérieures à leur siecle par les lumieres de leur esprit & par la sensibilité de leur ame, se virent, s'aimerent, se le dirent, se le jurerent, & prirent des mesures pour se livrer sans contrainte à leur passion. *Heloïse* demeuroit avec *Fulbert*, Prêtre aussi simple qu'avare, qui accepta sans héfiter la demande que lui fit *Abailard* de prendre un logement chez lui, de lui payer une penfion, & d'inftruire fa niece. *Fulbert* pouffa la complaifance jufqu'à permettre au précepteur d'entretenir *Héloïfe* le jour & la nuit, & même de la châtier fi elle étoit indocile à fes leçons. Ces amans profiterent de cette liberté, & vécurent heureux dans les bras de l'amour. Mais ce commerce fecret tranfpira, & devint public. L'oncle feul l'ignoroit, & ne l'apprit que par des chanfons qu'il chantoit avec les autres, & dont il découvrit enfin le fujet. Il maltraita fa niece, & chaffa *Abailard*. Cependant *Heloïfe* étoit groffe; elle en fit avertir fon amant qui la fit enlever, & l'envoya chez une de fes fœurs en Bretagne, où elle accoucha d'un fils, qu'on nomma *Aftrolabe*, & qui probablement vécut peu. Cet événement mit le comble à la douleur & à la colere du Chanoine. *Abailard*, pour l'appaifer, promit d'époufer *Heloïfe*; Mais, par un excès d'amour fingulier, elle aimoit mieux être la maîtreffe que la femme

d'*Abailard* ; elle réfifta long-tems, & con-
fentit enfin à ce mariage qu'on réfolut de
tenir fecret, parce que divulgué il auroit fait
perdre à *Abailard* fon Canonicat & fes éco-
liers. Il mit, pour faire prendre le change au
Public ; *Heloïfe* au Couvent d'Argenteuil,
où elle portoit l'habit de Religieufe, comme
fi elle l'avoit été réellement. *Fulbert*, croyant
qu'on le trompoit encore, forma & fit exé-
cuter ce projet affreux que tout le monde
fçait, où l'amant ceffa d'être homme. Des
fcélérats introduits la nuit chez le malheureux *Abailard* le réduifirent à l'état d'*Origène*.
L'auteur de cet *Abrégé de fa vie* nous fait
remarquer, pour nous donner une idée des
mœurs de ce fiécle barbare, que *Fulbert* ne
fut puni que par la perte de fes bénéfices,
& par la confifcation de fes biens, & que
deux des affaffins fubirent la peine du Talion.
Ce qui paroîtra fingulier, c'eft que le P.
Théophile Rainaud, de la Compagnie de Je-
fus, fe récrie dans fon *Traité des Eunuques*,
contre cette exécution qu'il appelle injufte &

cruelle. Il s'efforce de prouver dans le même *Traité*, avec aussi peu de critique que de décence, que l'opération faite à *Abailard* ne le mettoit pas à l'abri des soupçons. Elle étoit de nature à ne laisser que des désirs à l'amour. Il n'est pas possible d'exprimer la douleur d'*Héloïse*, lorsqu'elle apprit cette horrible nouvelle. *Abailard*, guéri de sa blessure, alla caoher sa honte dans le Cloître de Saint-Denys. Il prit l'habit de Religieux, & engagea *Héloïse* à suivre son exemple. En prononçant les vœux solemnels, elle tenoit dans ses mains & baignoit de ses larmes le dernier billet d'*Abailard*, dans lequel il lui juroit un amour éternel : ,, Je portois, en allant à ,, l'autel, le cœur de mon amant & le mien, ,, & mon sacrifice immoloit l'un & l'autre. ,, Quelque tems après leur séparation, une lettre d'*Abailard* adressée à un ami, & qui contenoit l'histoire de ses malheurs, tomba entre les mains d'*Héloïse*. Cet écrit réveilla toute sa tendresse, & occasionna ces fameuses lettres qui nous restent d'eux, & qui pei-

gnent si vivement les combats de la Nature
& de la Grace. Après bien des chagrins,
des persécutions & des traverses, ces deux
amans se réunirent au *Paraclet*, nom qu'*Abailard* avoit donné à un Oratoire ou hermitage
qu'il avoit bâti en Champagne près de No-
gent-sur-Seine, dans le Diocèse de Troyes.
Cet Oratoire devint un Abbaïe, dont *Héloïse*
fut la premiere Abbesse. *Abailard* y passoit
une partie de l'année ; mais la calomnie le
poursuivit jusques dans cette solitude. Ces
deux époux furent obligés de se dire un éternel
adieu. *Abailard* mourut dans le Prieuré de
Saint Martel, près de Châlons-sur-Saone,
le 21 Avril 1142, âgé de 63 ans. Son corps
fut envoyé à *Héloïse* qui l'enterra au Paraclet. *Heloïse* mourut au même âge l'an 1164.
Elle fut inhumée, suivant sa derniere volonté,
dans le tombeau de son mari. Un auteur
contemporain assure que, lorsqu'on y descen-
dit *Héloïse*, *Abailard* ouvrit ses bras, em-
brassa son amante, & la tint serrée contre
son cœur. Je ne suis point étonné d'une pa-
reille

reille fable dans un tel fiécle ; mais je le fuis
que des auteurs modernes aient eu la fimpli-
cité de le rapporter , & d'en vouloir prouver la poffibilité. *Abailard & Heloïfe* ont
laiffé des ouvrages , monumens chers & immortels de leur efprit , de leur érudition ,
de leur goût, de leur tendreffe, de leur infortunes, de leurs foibleffes & de leur péni-
tence ; l'Epître de *Pope* en eft une imitation
amplifiée poëtique. Cette *Vie abregée* d'*A-
bailard* eft écrite avec beaucoup d'élégance
& de précifion.

Celle de M. *Colardeau* , que nous don-
nons au Public en eft plus imitée que tra-
duite. Il a penfé ne point devoir s'affujettir
au fens littéral du Poëte Anglois, toute traduction trop fervile étant , ordinairement ,
froide & languiffante. Il a taché d'éviter ce
défaut , en ne s'attachant qu'à rendre , au-
tant qu'il a pû , les beautés de l'Original.

La réputation de M. *Fréron* eft trop bien
fondée pour qu'on ne faffe point d'attention
aux éloges qu'il accorde à cette traduction;

& c'eſt beaucoup pour l'Auteur d'avoir mérité l'applaudiſſement de ce ſçavant critique.

Il y a eu pluſieurs Copies manuſcrites de
cet Ouvrage répandues dans le Public ; mais
toutes, pour la plûpart, ont été tronquées,
& n'ont pas été auſſi complettes que celle-ci,
qui eſt la ſeule que l'Auteur avoue.

LETTRE

D'HÉLOÏSE

A

ABAILARD,

TRADUCTION LIBRE DE M. POPE.

PAR M. COLARDEAU.

Héloïse est supposée dans sa Cellule, occupée à lire une Lettre d'Abailard, & à y faire reponse.

DANS ces lieux, habités par la seule innocence,
Où règne, avec la paix, un éternel silence,
Où les cœurs, asservis à de séveres loix,
Vertueux par devoir, le font aussi par choix;
Quelle tempête affreuse, à mon repos fatale,
S'élève dans les sens d'une foible Vestale ?

De mes feux mal éteints, qui ranime l'ardeur ?
Amour, cruel amour, renais-tu dans mon cœur ?
Hélas, je me trompois ! j'aime, je brule encore !
O mon cher & fatal !.... Abailard.... je t'adore !
Cette Lettre, ces traits, à mes yeux si connus,
Je les baise cent fois, cent fois je les ai lûs.
De sa bouche amoureuse Héloïse les presse ;
Abailard ! cher Amant ! mais quelle est ma foiblesse ?
Quel nom dans ma retraite, ose je prononcer ?
Ma main l'écrit !... hé bien mes pleurs vont l'effacer ?
Dieu terrible, pardonne, Héloïse soupire.
Au plus cher des Epoux tu lui défends d'écrire,
A tes ordres cruels Héloïse soufcrit....
Que dis-je ? mon cœur dicte... & ma plume obéit.

PRISONS, où la vertu, volontaire victime,
Gémit & se repent, quoiqu'exempte de crime ;
Où l'homme, de son être imprudent destructeur,
Ne jette vers le Ciel que des cris de douleur,
Marbres inanimés, & vous froides reliques,
Que nous ornons de fleurs, qu'honorent nos cantiques,
Quand j'adore Abailard, quand il est mon Epoux,
Que ne suis-je insensible & froide comme vous ?
Mon Dieu m'appelle en vain du trône de sa gloire,
Je cède à la nature une indigne victoire.
Les cilices, les fers, les prieres, les vœux,
Tout est vain, & mes pleurs n'éteignent point mes feux.

AU moment où j'ai lû ces tristes caracteres,
Des ennuis de ton cœur secrets dépositaires,

Abailard, j'ai senti renaître mes douleurs.
Cher Epoux, cher objet de tendresse & d'horreurs,
Que l'Amour, dans tes bras, avoit pour moi de charmes!
Que l'Amour, loin de toi, me fait verser de larmes!
Tantôt je crois te voir de mirthe couronné,
Heureux & satisfait, à mes pieds prosterné;
Tantôt, dans les déserts, farouche & solitaire,
Le front couvert de cendre, & le corps sous la haire,
Desséché dans ta fleur, pâle & défiguré,
A l'ombre des Autels, dans le Cloître ignoré;
C'est donc là qu'Abailard, que sa fidèle Epouse,
Quand la Religion, de leur bonheur jalouse.
Brise les nœuds chéris, dont ils étoient liés,
Vont vivre indifférens, l'un par l'autre oubliés;
C'est là que, détestant & pleurant leur victoire,
Ils fouleront aux pieds, & l'Amour & la Gloire,
Ah, plutôt écris-moi: formons d'autres liens,
Partage mes regrets... je gémirai des tiens,
L'écho répétera nos plaintes mutuelles,
L'écho suit les Amans malheureux & fidèles.
Le sort, nos ennemis ne peuvent nous ravir
Le plaisir douloureux de pleurer & gémir.
Nos larmes sont à nous... nous pouvons les répandre:
Mais, Dieu seul, me dis.tu, Dieu seul y doit prétendre.
Cruel, je t'ai perdu, je perds tout avec toi.
Tout m'arrache des pleurs... tu ne vis plus pour moi.
C'est pour toi... pour toi seul que couleront mes larmes,
Aux pleurs des malheureux, Dieu trouve - t - il des
[charmes ?

ÉCRIS-MOI, je le veux : ce commerce enchanteur,
Aimable épanchement de l'esprit & du cœur ;
Cet art de converser, sans se voir, sans s'entendre,
Ce muet entretien, si charmant & si tendre,
L'art d'écrire, Abailard, fut sans doute inventé
Par l'Amanre captive & l'Amant agité ;
Tout vit par la chaleur d'une Lettre éloquente,
Le sentiment s'y peint sous les doigts d'une Amante.
Son cœur s'y développe ; elle peut sans rougir,
Y mettre tout le feu d'un amoureux désir.
Hélas notre union fut légitime & pure !
On nous en fit un crime, & le Ciel en murmure.
A ton cœur vertueux quand mon cœur fut lié,
Quand tu m'offris l'Amour sous le nom d'amitié ;
Tes yeux brilloient alors d'une douce lumière ;
Mon ame, dans ton sein, se perdit toute entière.
Je te croyois Dieu, je te vis sans effroi.
Je cherchois une erreur, qui me trompât pour toi.
Ah, qu'il t'en coûtoit peu pour charmer Héloïse !
Tu parlois... à ta voix tu me voyois soumise.
Tu me peignois l'Amour bienfaisant, enchanteur...
La persuasion se glissoit dans mon cœur :
Hélas ! elle y couloit de ta bouche éloquente,
Tes lèvres la portoient sur celles d'une Amante.
Je t'aimai... je connus, je suivis le plaisir ;
Je n'eus plus de mon Dieu qu'un foible souvenir.
Je t'ai tout immolé, devoir, honneur, sagesse,
J'adorois Abailard, & dans ma douce yvresse,

Le refte de la terre étoit perdu pour moi :
Mon Univers, mon Dieu ; je trouvois tout dans toi.
    TU le fais ; quand ton ame, à la mienne enchaînée,
Me preffoit de ferrer les nœuds de l'hymenée,
Je t'ai dit, cher Amant, hélas, qu'exiges-tu ?
L'Amour n'eft point un crime, il eft une vertu.
Pourquoi donc l'affervir à des loix tyranniques ?
Pourquoi le captiver par des nœuds politiques ?
L'Amour n'eft point efclave, & ce pur fentiment,
Dans le cœur des humains, naît libre, indépendant.
Uniffons nos plaifirs, fans unir nos fortunes.
Crois-moi, l'hymen eft fait pour des ames communes,
Pour des Amans livrés à l'infidélité.
Je trouve dans l'Amour, mes biens, ma volupté.
Le véritable Amour ne craint point le parjure.
Aimons-nous, il fuffit, & fuivons la nature.
Apprennons l'art d'aimer, de plaire tour à tour,
Ne cherchons en un mot que l'Amour dans l'Amour.
Que le plus grand des Rois, defcendu de fon Trône,
Vienne mettre à mes pieds fon Sceptre & fa Couronne ;
Et que m'offrant fa main, pour prix de mes attraits,
Son Amour faftueux me place fous le Dais,
Alors on me verra préférer ce que j'aime
A l'éclat des grandeurs, au Monarque, à moi-même.
Abailard, tu le fais ; mon Trône eft dans ton cœur.
Ton cœur fait tout mon bien, mes titres, ma grandeur.
Méprifant tous ces noms, que la fortune invente,
Je porte, avec orgueil, le nom de ton Amante :

S'il en eſt un plus tendre & plus digne de moi,
S'il peint mieux mon amour, je le prendrai pour toi.
Abailard, qu'il eſt doux de s'aimer de ſe plaire!
C'eſt la premiere loi, le reſte eſt arbitraire.
Quels mortels plus heureux que deux jeunes Amans,
Réunis par leurs goûts & par leurs ſentimens,
Que les ris & les jeux : que le penchant raſſemble,
Qui penſent à la fois, qui s'expriment enſemble,
Qui confondent la joie, au ſein de leurs plaiſirs,
Qui jouiſſent toujours, ont toujours des déſirs.
Leurs cœurs, toujours remplis, n'éprouvent point de
La douce illuſion à leur bonheur préſide.   L vuide
Dans une coupe d'or, ils boivent à longs traits,
L'oubli de tous les maux & des biens imparfaits.
Si l'homme, hélas, peut l'être, ils ſont heureux ſans doute,
Nous cherchons le bonheur, l'Amour en eſt la route.
L'Amour mène au plaiſir, l'Amour eſt le vrai bien.
Tel fut, cher Abailard, & ton ſort & le mien.

    QUE les tems ſont changés ! ô jour, jour exécrable !
Jour affreux, où l'acier, dans une main coupable,
Oſa.... quoi je n'ai point repouſſé ſes efforts !
Malheureuſe Héloïſe, ah, que faiſois-je alors ?
Mon bras, mon déſeſpoir, les larmes d'une Amante
Auroient....rien ne fléchit leur rage frémiſſante !
Barbares, arrêtez ! reſpectez mon Époux !
Seule j'ai mérité de périr ſous vos coups.
Vous puniſſez l'Amour, & l'Amour eſt mon crime !
Oui, j'aime avec fureur, frappez votre victime.

Vous

Vous ne m'écoutez pas ! le fang coule…ah cruels !
Quoi, mes cris, quoi, mes pleurs, paroîtront criminels!
Quoi, je ne puis me plaindre en mon malheur funefte ?
Nos plaifirs font détruits !.. ma rougeur dit le refte :
Mais, quelle eft la rigueur du deftin, qui nous perd !
Nous trouvons dans l'abîme, un autre abîme ouvert.

O mon cher Abailard, peins toi ma deftinée.
Rapelle-toi le joūr, où de fleurs couronnée,
Où, prête à prononcer un ferment folemnel,
Ta main me conduifit aux marches de l'Autel ;
Où, déteftant tous deux le fort qui nous opprime,
On vit une victime immoler la victime,
Où, le cœur confumé du feu de mes défirs,
Je jurai de quitter le monde & fes plaifirs.
D'un voile obfcur & faint, ta main foible & tremblante
A peine avoit couvert le front de ton Amante,
A peine je baifois ces vêtemens facrés,
Ces cilices, ces fers à mes mains préparés,
Du Temple tout-à-coup les voutes retentirent.
Le Soleil s'obfcurcit, & les lampes pâlirent.
Tant le Ciel entendit, avec étonnement,
Des vœux qui n'étoient plus pour mon fidèle Amant!
Tant l'Eternel encor doutoit de fa victoire !
Je te quittois… Dieu même avoit peine à le croire.
Hélas ! qu'à jufte titre il foupçonnoit ma foi !
Je me donnois à lui quand j'étois toute à toi.

VIENS donc, cher Abailard, feul flambeau de ma vie,
Que ta préfence encor ne me foit point ravie !

C

C'eft le dernier des biens dont je veuille jouir.
Viens, nous pourons encor connoître le plaifir,
Le trouver dans nos yeux, le puifer dans nos ames.
Je brûle... de l'Amour je fens toutes les flammes.
Laiffe-moi m'appuyer fur ton fein amoureux,
Me pâmer fur ta bouche, y refpirer nos feux :
Quels momens, Abailard! les fens-tu ? quelle joie!
O douce volupté!... plaifirs... où je me noye!
Serre-moi dans tes bras! preffe-moi fur ton cœur!
Nous nous trompons tous deux mais quelle douce erreur!
Je ne me fouviens plus de ton deftin funefte,
Couvre-moi de baifers... je rêverai le refte.
Que dis-je! cher Amant, non, non, ne m'en crois pas.
Il eft d'autres plaifirs, montre-m'en les appas.
Viens, mais pour me traîner aux pieds du Sanctuaire,
Pour m'apprendre à gémir, fous un joug falutaire,
A te préférer Dieu, fon Amour & fa Loi,
Si je puis cependant les préférer à toi.
Viens, & penfe du moins que ce troupeau timide
De Veftales, d'enfans, a befoin qu'on le guide.
Ces Filles du Seigneur, inftruites par ta voix,
Baiffant un front docile & s'impofant tes loix,
Marcherent fur tes pas dans ce climat fauvage,
De ces remparts facrés, l'enceinte eft ton ouvrage,
Et tu nous fis trouver, fur des rochers affreux,
Des campagnes d'Eden l'attrait délicieux ;
Retraite des vertus, féjour fimple & champêtre,
Sans fafte, fans éclat, tel enfin qu'il doit être :

Les biens de l'orphelin ne l'ont point enrichi,
De l'or du fanatique il n'est point embelli.
La piété l'habite, & voilà sa richesse.
Dans l'enclos ténébreux de cette forteresse ;
Sous ces Dômes obscurs, à l'ombre de ces Tours,
Que ne peut pénétrer l'éclat des plus beaux jours,
Mon Amant autrefois répandoit la lumière :
Le Soleil brilloit moins au haut de sa carrière,
Les rayons de sa gloire éclairoient tous les yeux.
Maintenant qu'Abailard ne vit plus dans ces lieux,
La nuit les a couvert de ses voiles funèbres,
La tristesse nous suit dans l'horreur des ténèbres,
On demande Abailard, & je vois tous les cœurs,
Privés de mon Amant, partager mes douleurs.

DES larmes de ses sœurs, Héloïse attendrie,
De voler dans leurs bras, te conjure & te prie !
Ah ! charité trompeuse ! ingénieux détour !
Ai-je d'autre vertu, que celle de l'amour ?
Viens, n'écoute que moi, moi seule je t'appelle.
Abailard, sois sensible à ma douleur mortelle.
Toi, dans qui je trouvois Pere, Epoux, Frere, Ami ;
Toi, de tous les Amans, l'Amant le plus chéri,
Ne vois-tu plus en moi ton Epouse charmante,
Ta Fille, ton Amie, & sur-tout ton Amante ?
Viens, ces Arbres touffus, ces Pins audacieux,
Dont la cime s'éleve & se perd dans les Cieux,
Ces ruisseaux argentés, fuyans dans la prairie,
L'abeille, sur les fleurs, cherchant son ambroisie,

Le zéphir, qui fe joue au fond de nos bofquets,
Ces cavernes, ces lacs & ces fombres forêts,
Ce fpectacle riant, offert par la nature,
N'adoucit plus l'horreur du tourment que j'endure.
L'ennui, le fombre ennui, trifte enfant du dégoût,
Dans ces lieux enchantés fe traîne, & corrompt tout.
Il féche la verdure, & la fleur pâliffante
Se courbe & fe flétrit fur fa tige mourante.
Zéphir n'a plus de fouffle, Echo n'a plus de voix,
Et l'oifeau ne fait plus que gémir dans nos bois.

    HÉLAS ! tels font les lieux où, captive, enchaînée,
Je traîne dans les pleurs ma vie infortunée,
Cependant, Abailard, dans cet affreux féjour,
Mon cœur s'enyvre encor des poifons de l'Amour.
Je n'y dois mes vertus qu'à ta funefte abfence,
Et j'y maudis cent fois ma pénible innocence.
Moi, dompter mon amour, quand j'aime avec fureur ?
Ah ! ce cruel effort eft-il fait pour mon cœur ?
Avant que le repos puiffe entrer dans mon ame,
Avant que ma raifon puiffe étouffer ma flamme,
Combien faut-il encor aimer, fe répentir,
Défirer, efpérer, défefpérer, fentir,
Embraffer, repouffer, m'arracher à moi-même,
Faire tout, excepté d'oublier ce que j'aime.

    O funefte afcendant ! ô joug impérieux !
Quels font donc mes devoirs, & qui fuis-je en ces lieux ?
Perfide, de quel nom veux-tu que l'on te nomme ?
Toi, l'Epoufe d'un Dieu; tu brûles pour un homme !

Dieu cruel , prends pitié du trouble où tu me vois ,
A mes fens mutinés ofe impofer tes loix.
Tu tiras du cahos le monde & la lumière,
Hé bien , il faut t'armer de ta puiffance entière.
Il ne faut plus créer . . . . il faut plus en ce jour.
Il faut dans Héloïfe anéantir l'Amour.
Le pourras-tu , Grand Dieu ? mon défefpoir, mes larmes,
Contre un cher ennemi te demandent des armes ;
Et cependant , livrée à de contraires voeux ,
Je crains plus tes bienfaits que l'excès de mes feux.
   CHERES SŒURS, de mes fers, compagnes innocentes,
Sous ces portiques faints , colombes gémiffantes ,
Vous , qui ne connoiffez que ces froides vertus ,
Que la Religion donne . . . . & que je n'ai plus ,
Vous , qui dans les langueurs du zèle monaftique ,
Ignorez de l'Amour l'empire tyrannique ;
Vous enfin , qui n'ayant que Dieu feul pour Amant,
Aimez par habitude , & non par fentiment :
Que vos cœurs font heureux, puifqu'ils font infenfibles !
Tous vos jours font fereins , toutes vos nuits paifibles.
Le cri des paffions n'en trouble point le cours.
Ah ! qu'Héloïfe envie & vos nuits & vos jours !
Héloïfe aime & brûle au lever de l'aurore,
Au coucher du Soleil elle aime & brûle encore ,
Dans la fraîcheur des nuits elle brûle toûjours.
Elle dort pour rêver dans le fein de Amours.
A peine le fommeil a fermé mes paupières.
L'Amour me careffant de fes aîles légères,

Me rappelle ces nuits, chères à mes défirs,
Douces nuits, qu'au fommeil difputoient les plaifirs !
Abailard mon vainqueur, vient s'offrir à ma vûe :
Je l'entens … je le vois … & mon ame eft émue.
Les fources du plaifir fe r'ouvrent dans mon cœur ;
Je l'embraffe … il fe livre à ma brûlante ardeur.
La douce illufion fe gliffe dans mes veines :
Mais que je jouis peu de ces images vaines !
Sur ces objets flatteurs, offerts par le fommeil,
La raifon vient tirer le rideau du réveil.

NON, tu n'éprouves plus ces fecouffes cruelles,
Abailard ; tu n'as plus de flammes criminelles.
Dans le funefte état où t'a réduit le fort,
Ta vie eft un long calme, image de la mort.
Ton fang, pareil aux eaux des lacs & des fontaines,
Sans trouble & fans chaleur circule dans tes veines.
Ton cœur glacé n'eft plus le Trône de l'Amour,
Ton œil appéfanti s'ouvre avec peine au jour :
On n'y voit point briller le feu qui me dévore.
Tes regards font plus doux qu'un rayon de l'Aurore.
Viens donc, cher Abailard ! que crains-tu près de moi ?
Le flambeau de Venus ne brûle plus pour toi.
Déformais infenfible aux plus douces careffes,
T'eft-il encor permis de craindre des foibleffes ?
Puis-je efpérer encor d'être belle à tes yeux ?
Semblable à ces flambleaux, à ces lugubres feux,
Qui blûlent près des morts fans échauffer leur cendre,
Mon Amour fur ton cœur n'a plus rien à prétendre.

Ce cœur anéanti ne peut plus s'enflammer.
Héloïfe t'adore, & tu ne peux l'aimer !
 M A I S que fens-je ? ô pouvoir ! ô puiffance fuprême!
Quelle main me déchire, & m'arrache à moi-même?
Tremble, cher Abailard ! un Dieu parle à mon cœur.
De ce Dieu, ton rival, fois encor le vainqueur.
Vole près d'Héloïfe, & fois fûr qu'elle t'aime.
Abailard, dans mes bras, l'emporte fur Dieu-même.
Oui, viens ... ofe te mettre entre le Ciel & moi ;
Difpute lui mon cœur... & ce cœur eft à toi.
Que dis-je ? Non, cruel, fuis loin de ton Amante:
Fuis, cede à l'Eternel Héloïfe mourante.
Fuis, & mets entre nous l'immenfité des Mers :
Habitons les deux bouts de ce vafte Univers.
Dans le fein de mon Dieu, quand mon Amour expire;
Je crains de refpirer l'air qu'Abailard refpire ;
Je crains de voir fes pas fur la poudre tracés.
Tout me rappelleroit dés traits mal effacés.
Du crime au repentir un long chemin nous mène:
Du repentir au crime un moment nous entraîne.
Ne viens point, cher Amant, je ne vis plus pour toi.
Je te rends tes fermens, ne penfe plus à moi.
Adieu, plaifirs fi chers à mon ame enyvrée :
Adieu, douces erreurs d'une Amante égarée ;
Je vous quitte à jamais, & mon cœur s'y réfout:
Adieu, cher Abailard, cher Epoux.... adieu tout.
 O Grace lumineufe ! ô Sageffe profonde !
Vertu, fille du Ciel ! oubli facré du monde !

Vous, qui me promettez des plaisirs éternels,
Enlevez Héloïse au sein des immortels.
Je me meurs.... Abailard, viens fermer ma paupière.
Je perdrai mon Amour en perdant la lumière.
Dans ces affreux momens, viens du moins recueillir
Et mon dernier baiser & mon dernier soupir.
Et toi, quand le trépas aura flétri tes charmes,
Ces charmes séducteurs, la source de mes larmes,
Quand la mort, de tes jours éteindra le flambeau,
Qu'on nous unisse encore dans la nuit du tombeau.
Que la main des Amours y grave notre Histoire,
Et que le voyageur, pleurant notre mémoire,
Dise, ils s'aimèrent trop, ils furent malheureux ?
Gémissons sur leur Tombe, & n'aimons pas comme eux.

F I N.